포이톨로기(poetologie)

김병호 시집

문학동네시인선 017 김병호

포이톨로기(poetologie)

시인의 말

내가 제일 듣기 싫었던 말은 시는 이러해야 한다는 강요와 청소하라는 압박이다. 그러나 여기 펴 부린 하나의 난삽한 형식은 그 반작용 때문이 아니다. 나에게 시는 그렇게 다가왔고 이렇게 새어나와 바닥을 적셨다. 청소하기 싫었다.

어둠이 70퍼센트의 농도로 공간을 점령한 이른 밤, 담담하게 바라보는 치우지 않은 방과 책상은 어떤 문명이 남긴 미학적 폐허로 다가왔다. 그러나 이것도 난삽의 이유는 아니다.

솔직히 말하자. 나를 둘러싼 시공간이 속삭인 것을, 소용돌이치면서 내게 각인한 것을 그대로 옮겼을 뿐이다. 그러나 누구는 청소하라는 외침 뒤를 메우는 작은 메아리에 대한 오해라고 했고 반(反) 청소적 심리 상태가 만드는 환청이라고도 했다.

어둠이 30퍼센트로 희석된 이른 아침, 책상은 더께 앉은 화석이다. 청소가 훼손일 때도 있다는 핑계가 얼마나 타당한지 따져보는 일은 다시 미룬다. 청소하기 싫다.

2012년 3월,
김병호

차례

시인의 말 005

1. 환상의 결절 011
2. 환상과 소통하다, 하얗게 025
3. 보았더니 거기 있더라 041
4. 바닥, 거기서는 모두가 추상이다 053
5. 시(詩)는 무엇도 담보하지 않았다 065
6. 존재의 빈칸 075

해설 | 타불라 라사(Tabula rasa)에 쓴 환상시학 선언문 | 이민호(시인 · 문학평론가) 087

먼 변방을 떠돌다가 자신의 그림자와 눈 맞춰버린 구름이
진창을 더듬던 여섯 개의 손가락과 틀림없이 포개지는
한낮의 꿈, 전생과 후생 사이를 맴돌다 번뜩

1. 환상의 결절

존재하는 모든 현실이 환상의 일부라고 말하는 것은, 현실을 설명할 수 있는 단 하나의 단어가 환상이라는 식의 거친 표현이 아니다. 현실을 이해하기 위해서는 환상이 가지는 무한대의 층위와 결들, 시간을 바라볼 수 있는 새로운 정신이 필요하다. 정신은 시각(視覺)이다. 현실이란 이러한 무한대의 층위와 결들을 무작위로 뛰어다니면서 만들어놓은 고착된 시간을 말한다. 연속적이거나 또는 불연속적인 선분.

비루하지 않은 삶이 있다면 기실 꿈이다, 잠이 아닌 곳에서 꾸는.

환상은 인간이 상상할 수 있는 모든 것의 총체이다. 우주에 가득 찬 모든 가능성의 합이기도 하다. 현실이란 환상이 가진 무한대의 영역 안에서 관찰자에 의해 선택되어 붕괴된 파동함수*이다. 그 결과 시공간의 틀을 가진다. 우리가 전부라고 믿고 있는 현실이 대개 딱딱한 형태를 가지고 있는 것은 그 때문이다. 콘크리트가 다 굳기 전에 지나간 고양이 발자국. 그것은 고양이가 가질 다음 생의 한 조각이다. 허허

* 가능성이다. 전 우주에 걸친 가능성이다. 모든 것은 파동으로 존재하며 우리도 하나의 파동으로 전 우주에 퍼져 있는 가능성이다. 우리를 관찰해주는 이들 덕에 서로의 파동이 붕괴되어 여기에 있다. 모두는 붕괴된 파동이다.

로운 벌판을 떠도는 고양이에게서 누가 덜 마른 반죽을 지킬 수 있을까? 고양이의 선택이다. 현실은 그렇게 이미 굳어진 것이고 작은 것이다. 더 작은 세계가 아니라 각자가 모두 다른 세계이다.

하나의 유령이 마을을 떠돌고 있다. 들판이 혼돈하고 공허하며 새벽이 깊음 위에 있고 물안개가 수면에 운행하니 이 위에서 각각의 생존투쟁은 엔트로피와의 투쟁이다. 생은 생이고 죽음은 주검일 뿐, 죽은 자들에게 고향은 없다. 이제 진정한 철학적 문제는 단 하나뿐이며 그것은 바로 '끓는점'에 관한 것이다.

생명의 모든 행위는 흩어짐에서 시작한다. 그러하니 잠에서 쫓겨난 이여, 침을 뱉어라. 이번 생이 내 마지막 생일지라도.

—혁명의 낌새*

* 이 시편에 떠다니는 모든 문장은 원전이 있다.

12월, 창벽(蒼碧)의 하늘 어느 곳이든 가만히 시선 하나를 꽂는다. 거기서 떨어지는 작은 얼음 조각 하나, 선택된 현실.

현실은 신호다. 인간과 우주가 상호작용하는 신호들. 신호들이 몰려다니며 만드는 패턴이 생각이다. 생각은 구체화된 정보 조각으로 이것은 물질을 구성하는 근본 단위이다. 결국 물질은 의식이 차안(此岸)을 만나 형태를 뒤집어쓸 때 생기는 물결이다. 물질은 생성과 소멸을 반복할 수밖에 없다.

어제를 계산한 결과가 오늘, 나다 오늘 나는 다시 같은 하루의 초기항으로, 아침이 내지르는 비명을 썰어 밥비빈다 간단하다 세상은 너무 안정적이어서 매 순간 나를 되먹인들 변한, 변할 게 없거니와, 그래서 여기 텅 빈 골목은 거기 텅 빈 시간과 같다 여기 텅 빈 순간은 거기 텅 빈 들판과 같다 순간 한 덩어리 안개로 덮친 아침은 모두를 요동하게 했다 안개는 초점을 허용하지 않아 안개는 거리를, 크기를 가늠할 수 없다 없어서 시들어가는 첫사랑의 묘목이 어느 틈에서 드러날지 아니 언제 시들었는지 예측할 수 없었지만 그러나 시들어가는 길이 바닥으로 파고들 때 바닥은 본성을 보였다 바닥은 유일하게 만져볼 수 있는 혼돈의 살갗이었다

바닥, 그 아래를 향하는 비가 속삭였다 울부짖는 손이 항상 바닥을 뜯어내어 이유를, 피 묻은 맨손으로 움켜쥔 그것을 녹이고 끓이면 검은 알갱이들 허공에 폐곡선을 그린다 단 한 번도 자신과 만나지 않는 무수한 폐곡선이라는 모순이 그곳에서의 생이었다 다시 만난 안개였다

꿈이라 부르자 허공에 새겨진 그 잔무늬들, 나를 이끄는 끌개를, 텅 빈 골목을, 순백의 순간을, 먼 들판이라 부르자 굽이치는 풀들이 바람의 결이라고 중얼거리다 잠깐의 꿈으로 떨어질 때 생은 단순한 패턴 이상은 아니었다 우산 아래 웅크린 내 호흡을 아무도 건들지 않는다면, 떨림이라 부르자 잔등에서 손가락에서 눈가에서 번지는

—현실의 기작 (혼돈의 탄생)

무한대의 가능성인 환상이 붕괴되어 고착된 것이 현실이다. 현실을 만들어내는 것은 관찰자의 정신이다. 의식이다. 의식이 현실을 응고시키지만 현실은 가공과 확장이 가능할 만큼 물렁물렁하기에 다양한 해석의 여지를 갖는다. 환상이라는 본성의 그림자를 안에 품고 있기 때문이다. 견고한 현실, 생각과 의식이 흐름을 만들 수 없는 곳. 우리가 연산할 수 없는 현실. 우리는 현실이 꾸역꾸역 자라는 미궁의 복도에 대해 모르고 있지만 태생적으로 현실을 불신하기에 환상으로 소통이 가능하다. 시의 자리이다.

T=시간, E=사건, R=현실, L=인생, 이라 할 때 이 네 개의 변수들이 가지는 인과는 연쇄 치정(痴情)이다. 경험은 안다.

네 개의 변수 외에 필요하다면 당신은 한두 개 정도 임의로 변수를 지정할 수 있다. 뭔가를 설명한다는 일은 새로운 기호를 만들어 정의해버리거나 이미 있는 기호를 자의적으로 해석하는 일이니까.

시간은 의식의 자취이다. 의식을 풀어 해석하기 위한 기준이다. 객관적인 실체로의 시간에 대해 회의적인 언술이다. 좀더 구체적으로 시간을 공간과 함께 우주를 구성하는 실제 존재하는 양이기도 하다. 시간은 다른 차원에 숨어 있는 불연속적이면서 객관적 실재이지만 낮은 단계의 차원에서는 한 방향성만을 가진다. 시간은 실재하는 조각조각의 편린이며 이것들의 예측가능한 변화에 의식은 따라다닌다.

여기까지의 정의에 따르면 의식의 시작에서 끝까지 작은 시간 미립자들을 모두 더해 하나의 시간방향에 따른 공간체적을 만들어 사건이라고 유추할 수 있다. 그래서 사건은 수학적으로 시간에 대한 전체적분으로 표시할 수 있다. 이 의식복합체에 방향성을 부여해주는 것이 시간이다.

현실은 객관적 사건들을 더한 산술합에 감각차원에서 작동하는 주관적 요소가 더해져 만들어진 하나의 환상복합체이다. 환상이라는 것도 분명 실재하는, 현실을 이루는 한 요소로 볼 수 있다. 물론 '실재'와 '물질적 존재'가 가지는 범위에 대해 오해하지 않길 바란다. 물질의 거푸를 쓰지 않은 것들이 실재하는 경우가 더 많다. 전체 수 범위 안에는 허수(虛數) 부분이 포함되어 있는 것처럼. 아주 간단하지만 수 안에 존재하는 허수의 의미는 현실 안에서 환상이 가지는 실재성을 명징하게 상징한다.

현실은 사건에 전체 가능한 경우의 수를 곱한 것이라 할 수 있다. 다음으로 인생은 현실을 0으로 나누는 행위라 정의한다. 0으로 나누는 행위는 수학적으로 정의되어 있지 않다. 즉 수학적으로 오류이지만 정의되지 않는 짓을 함으로 행위 자체를 무화시키는 행동이다. 그래서 슬쩍 손가락 사이를 빠져나가는 것이며 아무것도 답이 아니고 또 무엇이든지 답인 척 행동할 수 있다. L의 속성은 원래 그렇지 않나?

T=시간, E=사건, R=현실, L=인생, 이라 하고 위 의문들을 수학적으로 표시하면,

$\oint_{s}^{e} Tdt = E$ (dt는 시간 T의 작은 조각, s는 의식의 시작, e는 의식의 끝.)

$E(a+bi) = R$ ((a+bi)는 복소수로 실수와 허수 부분을 모두 가지고 있다.)

$R \div 0 = L$ (정의되지 않는 수학적 행동으로는 의미없는 해가 나온다.)

이 방정식에 어떠한 사건을 넣어도 인생이라는 범주 안에 있는 답을 얻고 무엇이든 그것은 바른 해가 아니라고 우길 수도 있으며 이 둘 다 답이라고 말하는 이의

가슴에 엉겨 붙은 통증을 애쓰지 않아도 지울 수 있다.
술 한잔 살 수 있다.

—시간과 사건, 현실과 인생 사이의 경험적 연쇄

환상은 무한대의 겹을 가지고 있다. 겹은 각각 다른 세계이다. 봄의 첫날, 기울어가는 끈적끈적한 별이 우리의 넋을 빼놓고 데려가는 그곳, 어느 축대골목의 모퉁이, 다른 우주.

수시로 요동치는 감정은 순간순간 다른 세계를 넘나들 때 생기는 멀미이다. 멀미는 토사물을 만든다. 그것도 가능성을 짓밟아 고정시킨 현실이다. 결국 남는 것은 각인된 그림자, 그것을 기억이라고 부른다.

말하는 새를 만난 적이 있다 말을 잊은 사람의 집이었다 새는 볕에 내놓으면 녹아내릴 것 같은 작은 눈 뭉치였다 달빛이 작은 부리를 축이자 새는 가는 이야기를 뽑아 허공으로 날렸다 복화술 같기도 했고 말을 하는 대신 이야기를 눈으로 볼 수 있게 타래에서 풀어주는 것 같기도 했다 바람에 녹아 있는 소금을 따라 히말라야를 넘어왔다고 했다 새는 암염에만 내려앉을 수 있었다 바위가 품은 50만 년의 기억을 핥으며 만 개의 산을 건너왔다고 했다 과거가 자신의 먹이라는 말이 끝나기 전에 내 과거를 샅샅이 들여다보았다 작은 새를 바라보는 일이 내가 먹어치운 모든 시간보다 무거웠다 집주인이 새에게 내어놓은 것이 무엇인지 알 수 있었다 일곱 개의 멜로디에 일곱 개의 가사로 새가 노래를 시작했다 알아들을 수 없었지만 깨달을 수 있었다 하나의 주제에 대한 다양한 변주곡, 모든 이들의 기억이라는 것이, 세상을 이루는 모든 점들이, 사건이라는 것이, 불 꺼진 사건들이

아침이었다 할 말이 없었다

—사건

잘 삭아 속에 바람을 머금은 사람의 뼈를 구하려는 이들은 먼저 골 깊은 산의 능선을 찾아 목 놓아 통곡한다 울음들이 공명하는 곳, 좋은 뼈들이 숨어 있는 곳, 태생

이 심장과 가까운 뼈일수록 상처 받은 사람의 이름을 정확하게 부른다 하여 악기는 만들어진다 이름이 태어난다 이름은 악기가 부르는 대로 바뀌었다 허공을 부르면 공허의 목소리로 대답했고 비를 부르면 눈물의 목소리로 떠났다 역사를 부르면 여자가 눈썹까지 이불을 끌어올렸다 닫히지 않는 창틈에 어떤 역사가 걸려 있을 때 거기에 든 바람의 이름은 필연이었다 몇 개의 계절에게 바람으로 짠 옷을 입히고 나니 스스로 사연인 것이, 필연인 것이 나를 죽였다 원래 시간은 죽음 쪽으로 골지지 않았다 오해였다 갈 곳 없이 어슬렁거리는 시간이 줄 댄 곳, 인연이었다 이름이었다 메아리가 지나간 자리 쓰레기차를 탈출한 비닐처럼 나부끼는 작은 날숨으로 새는 신음, 이름이었다

—이름의 고향

나는 뛰어내릴 수 있다. 바람이 나를 지나듯 중심을 지나 땅의 반대편으로 잠시 떠오른다. 그리고 돌아올 수 있다. 그러나 그 순간 현실은 견고한 오해를 딛고 선다. 오해 또한 세상인 것처럼 실체는 환상의 자식이다.

노랑은 달걀이라는 한생의 수평선이다 불안은 평화를 포괄한다 낮은 산에 숨은 샘을 진실이라 말하면 거짓의 국경선은 멀리 지평선 너머 대륙이 끝나는 곳이다 코뚜레가 향하는 방향은 항상 너른 땅이고 시선은 두려움에 고정되어 있다 두려움이 악기라면 노을은 음악이며 아침은 위선이다 신념의 끝에서 내가 얻는 것이 정제된 소량의 메스암페타민*이라는 사실을 아는 아침, 이성이 할퀴어 생긴 행성 표면의 골을 따라가다 만난, 이제 샘은 깊지만 공허하다 거짓의 땅을 지나온 자 모두는 샘물의 조성(造成)을 깊게 이해한 자들이다

—**거짓말 게임**

우리가 속한 국소영역은 시간이 소멸해가는 곳이다. 반대

* 이 물질의 상품명은 필로폰이다.

편 하늘, 공간이 한 방향으로 찢어지며 사라지는 어디에서 시간은 스스로를 얽맨 익숙한 끈을 푼다. 공간이 가진 세 개의 자유를 부정하고 얻는 하나의 아침. 시간이 걸러지는 파국의 땅에서 슬픔은 일관성을 잃는다. 햇볕과 우울증처럼.

악수하면 아릴까요
내 뜨뜻한 체온이 정말
다른 온기를 할퀼까요
그래서 피 흐를까요
아릴까요
내 얼굴
당신을 바라는 쪽만 진물 흘러요
해를 바라는 달처럼
눈 맞춰봐요 상처투성이 초승일망정
그래서
체온보다 아린 시선 거두는 순간
정말 아릴까요

—악수

2. 환상과 소통하다, 하얗게

고가무표카수맞 무슨 소리?
류죽탕공트선춤 아빠 몰라?

수평으로 읽은 세상이
주문(呪文)으로 바뀌다

—세탁소를 지나다

정신은 하나의 세계를 창조한다. 창조의 중추는 인간이며 그 과정에서 사용하는 재료는 세계라는 가능성이다. 작고 딱딱한 물질의 세계로 들어온 정신의 부산물을 우리는 의식이라 부른다. 의식은 관찰자의 본성이며 가능성을 현실로 고착시키는 주체이자 선택하는 자신이다.

백색소통이라 하자. 무저항을 도구로 폭풍의 밤을, 무의미의 강을 건너는 일. 그렇게 소통하는 일. 무의미의 뒷덜미를 물어뜯어 얻은 핏방울. 불을 켜지 못하고 쓰는 글은 의미를 치유하는 유일한 투병의 기록이다.

마을에 물이 마른 달이었다 한 사나이가 흘러들었다 그는 길쭉한 검은 가방을 등에 메고 발자국 없이 걸어다녔다 하릴없이 먼지는 일었다 사람들은 그의 그림자가 두 개인 것에 아무도 관심을 가지지 않았다 마을에 물이 말랐다 낮에는 태양이 산등성이 아래까지 내려와 사납게 곡괭이질을 하며 물을 찾았다 물을 찾아 죽음이 영혼을 허공으로 뿌리듯 순식간에 증발시켰다 밤이면 마른 바람이 모든 벽을 긁었다 날카로운 손톱을 가진 바람이었다 사람들은 말라갔다 곡괭이질 소리가 울리면 여자들은 귀로 달거리를 했고 바람의 손톱 소리에 아이들의 눈물이 말랐다 마른 울음만이 밤의 비명에 대답했다 사나이의 표정은 평온했다 작은 가방에 영원한 샘물을 숨기고 다닌다는 소문이 돌았다 한순간 넘쳐나는 평온함 하나만으로 그는 신이었다 먼저 그를 찾아간 이는 마을의 이장이었다 엉뚱하게도 이장은 그에게 물을 요구했다 그는 마을에 흘러든 이방인일 뿐이었다 처음부터 말하는 법을 배우지 못한 것처럼 움직일 줄 모르는 그의 입도 평온했다 대답 대신 그는 이 마을 사람들이 오랜 관습으로 하나씩 간직하는 젖니〔乳齒〕를 바라보았다 보이지 않았지만 그의 눈빛이 그것을 요구했다 입구 없이 꿰맨 깊은 속주머니에서 오래된 경전의 마지막 장에서 물려받은 술병 안에서 19년째 충혈된 눈꺼풀 안에서 어릴 적 자신 한 조각을 꺼내 들고 사람들이 모였다 사내는 사람들 앞에서 그 하얀 조각들을 하나씩 오독오독 씹어 먹기 시작했다 그 밤은 바람이 불지 않았다 아니 더 날카로운 손톱이 볼살을 쥐어뜯어도 아무도 알아채지 못했다 물이 차오르기 시작했다 마을 사람들의 눈에 그러쥔 주먹 안에 힘없이 쳐진 턱 안에, 누군가 사내의 멱살을 쥐었지만 사내는 원래 거기 있었던 듯 허공으로 발을 떼고 아직 빠진 젖니가 하나도 없는 아이의 입을 바라보았다 사람들은 보물처럼 자신의 아이를 안고 문을 걸어 잠갔다 아침에도 문을 여는 이는 없었다 밤에는 한 조각의 빛도 새어나올 틈이 없었다 사내는 가방 안에서 마르지 않은 대나무 피리를 꺼냈다 사내가 몸을 털고 일어나 천천히 입으로 가져가는 사이에도 피리는 혼자서 부르르 떨었다 오랜 어둠을 털어내고 있었다 피리는 선율이 없는 소리를 뿌리기 시작했다 낮은 음인가 싶으면 어느새 찢어질 듯 고음이었고 흰털여우의 콧소리였다가 젊은 과부의 낮은 울음소리로 변했다 짝 찾는 암고양이였다가 배고픈 곰의 발소리가 마을을 흔들었다 그러나 이상하게도 마을 사람들은 점점 차분해졌다 닫힌 문을 열기 시작했다 그리고 모두 하늘을 바라보았다 한없이 먼 곳만을 바라보았다 사내는 마을에 없었다 피리도 피리 소리도 마을을 떠났다 물도 없었다 사라진 젖니를 제외하고는 전과 똑같았다 그러나 뭔가 더 없어졌다는 걸 가장 먼저 깨달은 이는 101년 동안 마을을 지켜봤던 이장이었다 공포였다 피리 부는 사내가 사람들에게서 가져간 것은 공포였다 사람들에게서 공포가 사라지자 물 없이 사는 삶을 두려워하는 대신 사는 일에 호기심을 잃었다 아무것도 궁금하지 않았다 그러자 미래는 내용물 없는 무게일 뿐이었다 공포와 호기심은 같은 화학적 조성을 가지고 있기 때문이다 아무도 새로운 것을 만들지 않았다 아기들은 노인의 눈을 가지고 태어났다 물이 없이도 근근이 살아갈 수 있었지만 죽음의 무게는 뒷산에 버려진 떠돌이 개의 시체만도 못했다 사라졌다 죽음도 시간도 굳게 믿었던 현실도

—피리 부는 사나이

우리 세계에 없는 것을 지칭하는 단어들이 존재한다는 사실은 다른 차원에 존재하는 것의 그림자가 우리에게 드리워져 있다는 증거이다. 모든 추상이 바닥으로 가라앉은 실체의 그림자인 것과 같은 맥락이다. 채색된 분위기로만 남은 것을 기억이라고 믿는 동안 사건은 일어난다.

욕망과 추앙과 자유, 이 세 점으로 내 평면은 완성된다 허공으로 꺼지는 살얼음의 위태로운 평면 위에서 단 한 번 헛디딘 당신의 춤 한 자락이 내가 있는 차원에 빛으로 흩뿌려지자 나는 먼지의 시선도 따가운 소심한 그림자이고

나는 욕망의 장자(長子)이자 그의 유다이다 자유를 세 번 부정하고 맞은 아침 내 왼손은 고드름이고 오른손은 소금이었다 당신이 봄 안에 있을 때 내 안에서 녹아내린 것이 무엇인지 눈 뜨고도 이해할 수 없었고 빗속을 헤매는 당신을 향하다 녹아든 손이 불경(不敬)인지 몰랐다 모든 사건들이 모여 손잡고 뛰어내리는 곳에서 당신의 가는 숨은 나를 묶어 허공에 매달았으니

비극마저 우아할 수 있는 대가로 늙지 않았다 당신은, 세월의 고치에서 뽑은 실로 신발 신었었으니 맨발이 아닌 한 연보라이지만 욕망이 식으면서 토하는 긴 트림의 여운으로 이제 외면하는데 졸리는데 눈동자의 얼룩을 애써 지우는데

잠과 연애와 가려움, 이 세 점을 지우면 한생이 붕괴하며 부르는 노래가 들린다는데

—당신의 차원

시간은 의식이 치른 일련의 사건 꾸러미이다. 그 안에서 의식은 끊임없이 선택하고 붕괴시킨다. 한 줄의 낚싯줄에 줄줄이 꿰어 올라오는 오징어처럼 현실은 한 꾸러미로 바닥에 떨어진다. 이제 자유이다. 자유에 대한 매뉴얼이 필요하다. 우리는 볼 수 있는 것만 본다. 우리는 우리가 가능하다고 믿고 있는 것만 본다. 익숙한 패턴만이 시각정보로 만들어진다. 잘못된 관찰은 가능성에 대한, 그러니까 세계에 대한 모욕이다.

그는 하늘만 바라볼 수 있도록 고정된 눈을 가지고 태어났다 하늘의 작은 움직임이라도 보려면 하루 이상은 눈 맞추고 있어야 한다는 사실을, 다른 아이들은 흔들리는 땅을 바라보기도 버거운 두 살에 그는 이미 알고 있었다 그러나 하늘과 땅을 모두 볼 수 있는 사람들 중 누구도 이 사실을 모르고 있었다 그는 나뭇가지에 숨은 작은 새의 울음을 눈에 담았고 거기에서 하늘의 내밀한 속삭임을 품은 나뭇잎만 골라 작은 가방에 담았다

그의 머리가 처음으로 땅과 닿은 날은 하늘이 아닌 한 사람을 바라보기 시작한 스물세 살의 가을이었다 처음 맛보는 편안함과 함께 그의 귀를 간질이던 수많은 소리들의 주인이 땅이라는 사실을 깨달았다 일어날 수 없었다 소리들에게서 시선을 돌릴 수 없었다 하늘의 썰미가 날카로워지는 봄이면 거기에 베어 대지의 핏발이 툭 터지는 걸 보았다 초록으로 핏물 배어오르는 들길과 하얗게 상처 난 하늘길이 정확하게 같은 얼굴로 마주 보았다 눈 녹는 자리 드러나는 작은 돌처럼 초록 속으로 던져진 것이 사람이었다 사람을 보았다

3백 일 내내 먹구름 두터운 땅에 대고 하늘을 부르기 시작한 것은 이름을 부르는 일이 사람을 조금씩 덜어내는 일이란 사실을 사람에게서 아프게 배운 후였다 그가 지난 자리마다 얇은 각질처럼 떨어진 이름들이 아기의 쌔근거리는 호흡만 있어도 사각거리며 돌아누웠다 비 마른 아침 달팽이들이 그린 끈적이는 경로처럼 그가 사라진 공간마다 하얗게 쌓인 눈만이 그가 머물던 곳임을 말했다 그가 부를 수 있는 모든 이름을 불렀을 때 하늘

은 햇볕에 마른 젖었던 책처럼 낱장으로 벌어졌다 그날
그의 눈에 남은 것은 처음 보는 이름 하나였다

—사랑 이야기

자유란 의식이 발자국 찍을 수 있는 공간의 체적을 말한다. 그 부피가 커질수록 의식은 정신의 영역으로 확장한다. 다가가 현실과 환상을 뒤섞어 본질을 추구한다. 자유가 하는 일이 그것이다. 모든 것을 연결하는 일. 현실에서 환상의 단면을 읽어주는 일. 그 얽힘의 구조. 자유는 의식이 추구하는 가치이다.

흉은 사람에게만 기생한다 그러나 사람에게 가장 깊은
흉을 만드는 건 사람이라서, 살이 가장 잘 어울리는
게 사람이라는 오해가 흉흉했고
흉이 터를 잡기 가장 좋은 곳이 살이라는 소문이
사랑이 땅 위에 터를 잡았다

머리 하나가 온전히 내 어깨를 누르는 순간 생은 부정맥이다
내 것이 아닌 불안한 맥동이 살을 누르는 아침
한생이라고 하기에는 너무 미숙한 무게로 온전히 자신을 던지는

머리와 어깨는 이상하리만치 서로를 부른다
살이 흉을 부르고 흉이 터 잡는 어느 살

살아 있는 자 한 명당 백만 명의 죽은 자가 있는데,*
이 작은 호흡 하나에 백만 명의 슬픔이 쌓여
한기가 먼저 핥은 살을 파고들어 터 잡는다

—기댐

현실은 의식이 죽인 가능성이며 우리가 믿고 있는 정보들의 흐름이다. 우리는 이것을 아주 게으르게 선택적으로 처

* 사셰베렐 시트웰, 「아가멤논의 무덤」에서.

리하고 있다. 그러나 이것도 가능한 창조의 하나이다. 내 위 어딘가에 사는 사내아이. 항상 태권도복을 입은 예닐곱 살 통통한 살집을 가진 아이는 나를 보면 인사한다. 나 아니? 라고 묻고 싶지만 먼 곳에 가 있는 초점은 내 입을 틀어막는다. 정보는 양이 아니라 정보들 사이의 관계에 따라 핵심이 결정된다.

소나기다
땅에서 두 길 높이로 모든 사물을 잘라버린 구름 아래
주춤거리는 모두는
회색이 후드득 떨어지기 전
뛰어들어야 한다
철길 아래 작은 진동의 방으로,
사람의 것이 아닌 낙서에 홀려 나는
소나기의 뒤에 있는 배후를 몰랐으니

물이다
아기의 욕망을 밝히려면 맑은 웃음과 허공을 찢는 울음이라는 두 상수(常數)를 관찰해야 한다 삶과 진공이라는 두 개의 연립방정식에 난 하나 검은 구멍을 밝히려면 세 개의 드러난 사건과 마주쳐야 하기에 우리는 밤새 주억거리며 아침을 맞는다 써걱거리는 쌀을 씹는다 하나의 미지수를 위해 두셋을 희생해야 하는 우주의 뒤에는

흐르는 물이다
수초의 머리채를 한쪽으로 잡아채던 물이 뒤돌아본다 물 뒤에 흐르는 것이 소리 지르자 흔들리는 것은 나다 하염없이 흔들리며 하나의 미지(未知)가 여러 사건들을 드러내는 세상, 진창을 튀어오르는 소나기의 후생(後生)이 암흑의 뼈대 모두를 투시하는 우주로 망명하는, 거기로 녹아내리는 나를

꿈꾸는 회색이
고인 웅덩이에는 소나기였던 생이 응고하고 있다 그 위에 얇은 하늘을 입히면 먼 곳으로 통하는 작은 창이다 회색의 태생이 드러나는 바람 불지 않는 곳 그래서 풀들의 피 냄새가 향기롭게 퍼지는 이런 모순 없는 곳

—연립방정식

현실은 감각으로 테두리 지어진다. 모든 감각을 차단하면 존재하는 사실을 알 수 없는 것이 아니라 아예 존재하지 않는 것이다.

어느 길로 여기에 이르렀는지 묻는 겨울바람이 귓속을 후비면 나는 이 세상을 부정하는 대답 하나, 콩나물 대가리가 검은 천을 비집어 내게 죽음에 대해 물을 때 그래서 강과 반대로 흐르는 물비린내를 찾아 떠돌 때 나는 울렁거림, 네가 보고 싶어하는 모양으로 필요한 만큼만 출렁이는 무정형의 노동이었으니 어제 자정까지 온전히 나의 힘으로 내 갈증을 끌고 다녔다 믿었다 이것이 자유인가, 그가 나타나기 10분 전 내 뒷머리를 그러쥐는 비린내가

들숨이 고인 우물 바닥에 동전 하나, 고통의 얼굴이었다가 눈 맞추면 안 되는 메두사의 거울로 다시 악취로 뜸 들인 밥으로 흩뿌려지니 흰 천에 덮인 한 덩어리 불룩한 체온을 돌아보라고, 경계는 가고 싶은 자들만 가는 곳이라 임계점만큼 충분히 들끓을 자신 없으면 천천히 내려가라고 미련을 타고

—세 번의 부정* (죽음의 계단 1)

늑대가 운다
나를 가둔 창틀 힘없이 그늘에 기대는데
섬뜩

낡은 3층 건물 옥상에
늑대 한 마리
나와 눈 맞는다
뛰어내린다

둘이 껑충
서로의 얼굴을 할퀸다
반가워

3백 년 만에

* 「죽음의 계단」 연작은 퀴블러 로스의 '사망의 5단계'에서 틀을 빌었다.

알몸 된 나와
서로의 꼬리를 문다

시뻘건
생식(生食)의 기억으로

—미련의 힘

3. 보았더니 거기 있더라

할머니는 입버릇처럼 아버지에게 마을을 떠나라 했다. 아버지도 매번 그러마 했지만 정작 마을을 떠난 건 한바탕 물난리로 할머니가 실종되고 난 후였다. 물이 차오는 밤 마당으로 걸어나가시던 할머니는 다시는 마을로 돌아오지 말라는 말을 잊지 않았다.

강은 마을을 무명 목도리처럼 휘돌아 안고 흘렀다. 몽현(夢玄)이라는 마을은 강이 만든 톱의 한가운데 불룩 배진 곳에 자리하고 있었지만 이상하게도 강보다 낮았다.

마을에는 상류부터 강을 따라 돌아가며 세 개의 둑이 있었다. 둑은 사람이 만든 것이 아니었다. 어떤 이는 강물이 토닥여 쌓았다고 하고 어떤 이는 산이 자기를 깎아내어 만들었다고도 한다. 바람이 여기저기에서 쓸어 온 마른 꽃가루의 무덤이라고 하는 이도 있었다. 하여간 마을 근처 사주(砂洲)에 드러난 기름진 땅의 유혹을 이기지 못하고 땅을 짓기 위해 사람들이 모여들었다.

사람들이 터를 닦기 오래전부터 둑은 거기에 있었다. 그 모양은 강 쪽으로는 아주 완만한 경사의 부드러운 모래로 이루어져서 마을 쪽에서 올려다보기 전에는 아무도 둑이라고 생각하지 못했다. 강을 타고 내려오다보면 마을은 납짝 엎드려 숨은 듯 보이지 않았다.

이 세 개의 둑은 큰물에도 넘치는 일이 없었다. 그러나 동짓날 산이 쩌렁쩌렁 세 번 울음을 우는 해에는 하늘 물이 지는 것과 상관없이 물은 둑을 넘었다.

첫번째 둑을 넘은 물이 마을의 발목을 적시면 사람들은 언제 논에 물을 대고 물을 빼야 하는지, 언제 모를 내고 언제 나락을 거둬야 하는지 모두 잊었다. 농사일에 손을 놓고 사람들은 멍하게 앉아 있는 시간이 많았다. 바람은 선하게 불었고 사람들의 표정은 편안했다.

두번째 둑이 터져 마을이 무릎까지 잠기면 사람들은 산에 올라가 3년 전에 나무하다 잃어버린 낫을 한 식경도 헤매지 않고 정확하게 찾아오거나 미친 듯이 조상의 묘를 파헤쳐 이유가 새겨지지 않은 뭔가를 열심히 찾았다. 밤에도 잠이 끼어들 자리는 없었다. 충혈된 눈으로 아침 별을 지게에 퍼 담았고 그런 날에는 낮게 깔린 구름에도 실핏줄이 선명했다. 일그러진 얼굴로 어둠에 흥건히 젖어 집 안으로 기어들었다. 잊고 산 것들이 살아 돌아와 모두를 짓밟았다.

세번째 둑을 넘는 날 강물은 몸을 검게 바꿨다. 물은 달 없는 깊은 밤, 아무 기척 없이 일어섰다. 마을의 턱이 사라지면 사람들은 잠에서 깨지 않고 일어나 마을을 돌아다녔다. 그들의 코는 검은 물이 차오른 수면 위와 아래를 오르락내리락했지만 숨 쉬는 일을 잊었는지 아무 떨림도 없었다. 세번째 둑이 무너지면 물은 산 사람들의 땅도 아니고 죽은 이들의 바다도 아닌 낯선 섬 안에서 배회했다.

물이 빠지면 몇몇은 배를 만들어 타고 떠났고 몇은 파헤친 무덤 속으로 기어들었다. 나머지는 축축한 집 안으로 들어가 꼬박 아흔아홉 날 동안 별을 보지 않고 앓았다.

강물은 다시 둑을 일으켜 세웠고 사람들이 하나 둘 모여들었다.

—몽현(夢玄)

세상은 환상과 현실이라는 두 개의 상태가 변화하는 과정이다. 물은 보이지 않는 수증기였다가 한철을 얼음으로 지낸다. 세상은 관찰할 때와 관찰하지 않을 때, 이 둘로 나뉜다. 따라서 관찰자는 환상에서 현실을 만드는 변환자이다. 또한 모든 것들이 연결되어 상호작용을 하고 있다는 증거자이기도 하다. 관찰자는 반응하는 이가 아니라 창조하는 이이다.

내 쓰레빠의 궤적이 언제부턴가, 내 생의 그것이다 기울어진 전봇대가 노래한다 쓰레빠가 찍은 왼 발자국은 허공의 턱수염을 쓰다듬고 오른 발자국은 전봇대를 타고 오르다가 슬쩍 늘어진 현수선*을 넘는다 솔레파, 노래를 따라가다 문 연 화장실에 한 남자가 누워 있다 참 시체스럽다, 라고 중얼거리는 순간 벌떡 일어난다 그가 내 노래를 신고 있다 생의 자장 안에서 가장 편안하게 늘어진 자세, 다른 신발은 아무렇게 벗어놓지만 쓰레빠만은 신발장 높은 곳에 고이 모셔놓는다 노래를 보면 모두 신고 싶은 욕망이 일어나니, 분명 태초의 역사를 가진 본능이지만 곰팡이 낀 신발장의 높이만 가져도 생의 현수선은 공유하지 못한다 몸 어디건 거기가 제일 끝이 될 준비를 하고 있는, 무엇과도 화해하는 자세를 만들면 중력장 안에서 목적지까지 가장 빠르다 죽음과 최소시간 경로, 그 비가역의 경로가 낮게 깔린 구름 발치서 웅얼거린다 노래가 나를 신고 다닌다 솔레파

—**솔레파**

---

* 현수선은 선분 밀도가 고른 줄이 중력에만 영향을 받아 자연스럽게 늘어진 모양이다.

현실에서 환상으로 돌아가는 역과정이 시(詩)이다.

내게서 증오를 훔쳐 가지 않고서야
미쳤다고 들풀은 수액을 끌어올려
이슬을 달았을까

기도에게 약속을 구걸하지 않고서야
미쳤다고 허공은 안개를 쥐어짜
한 획 휘파람을 날렸을까

무료하게 긴 복도를 서성이며
콧물을 빨다가 내장까지 들이마신
공복의 저녁을 낙타가 지난다

연기를 채집하는 아이가 지난다
어둠을 빼앗긴 그림자가 지난다
내게서 두려움을 추출해 스스로 땅거미 지는
미친 글자들, 심연의 야윈 잔등

—시

바라보지 않을 때 모든 것은 가능성의 파동이었다가 관찰에 의해 존재로 붕괴한다. 관찰에 의해 중첩되고 고정된다. 선택할 때 존재한다. 그래서 우리는 물질이라기보다는 경향이고 자신을 확률로 드러내는 특정한 패턴이다.

원래 물어볼 수 없는 질문이 있다. 그것은 어디에 있는가? 3은 발정했는가?

7은 5보다 1.4배 크다거나 14의 절반이라는 비율이 그의 태생 전부이다 그러나 눈을 틀어막고 울어야 할 순간, 상징과 환상으로 번식한다 네번째 소수(素數)라 했다 근거 없는 행운이라 했다 잘게 떨고 있는 옆방의 어둠이라고 했다 누군가 옆방에서 얘기하고 있었다

내가 사타구니에 작은 선인장을 넣고 다니자 7은 피흘리지 않는 고통이 되었다 선인장이 꽃을 피웠다 고통

이 만드는 현실이 가장 그럴싸하다고 가장 사막답다고

사막에서 꽃은, 가을은 없는 것에 대한 비유이거나 존재하는 것에 대한 새로운 명명 이상은 아니었다 그러나 가을의 투명도가 무저갱의 암흑과 같은 곳 9가 행복할 수 있는 곳 여기, 덩그러니 놓인 생이라는 빈껍데기에 상징이 걸린 곳 가을볕이 모든 사물을 뚫고 지나가 아무것도 남지 않은 곳

—9는 행복한가?

모든 것은 근원적으로 연결되어 있다. 공간은 우리가 분리되어 있다는 환각을 만드는 구성개념이다. 모두 충전되어 있을 뿐이다.

몸을 이루는 모든 원자(原子)가 바뀌어도 기억이 너를 찾는 건 정체가 내 몸에 서린 것이 아니라는 수군거림이

라 수긍해도 너를 조립하는 최소단위(單位)들이 모두 자리 바꾸는 석 달을 내리 숨 참으며 기다려도 항상 내게서 튕기는 네 방향성은 지구가 외면하는 방향이 46억 년 동안 변하지 않아 생긴 극성 때문이라는 건 왜 아무도 귀띔 안 하는지, 물질을 원망하지 않고 정신을 원망하지 않고 생(生)이라는 흔적 없는 궤적을 흩어버리는 마지막 바람만 미워하니 내 주변을 휘도는 특정한 패턴의 흔들림이, 그것이 개성이라는 각각의 성깔이니 아, 너이니, 정처 없는 원자(原子)들은 몸에서 한바탕 흐느끼다가 나갈 뿐, 단지 패턴으로, 패턴이란 보이지 않는 것을 보이게 하는 흔들림이라는데 네 패턴은 단지 지문(指紋)의 쏠림만은 아닐 터인데

—여자의 지문(指紋)

우리는 끊임없이 서로 관찰하지 않으면 안 된다. 아무도 바라봐주지 않는 이는 그저 가능성일 뿐이다. 자리잡지 못한 가능성. 관찰은 위안이다. 서로 살 부비기 위해 잠시 현존하는 그렇게 서로를 존재하게 만드는.

어떤 사건은 산출 가능한 답을 향해 수렴하는데, 영원히 이르지 못하고 오로지 수렴하는 도로 위 시뻘건 바퀴 자국이 짖는 소리를 따라가다 안개 속에서 맞닥뜨린

울렁대는 여울의 얼굴은 한 뼘 거리에서만 보이는 여자의 훈김이었고 속살의 잔물결이었네 궁금해, 못 견디는 손이 헤집은 것은

꿈틀대는 미친개의 터진 내장, 죽음이 말 거는 방식은 항상 이런 식이어서 답은 질문이 궁금해 두리번거리고 살짝 주저앉고

내 더딘 호기심과 세상이라는 뒷심 좋은 공포가 마주 보고 수렴하는 거기, 금기와 함정이 같은 성분을 가진 땅

향긋한 속살과 온기 남은 내장이 정확히 대칭인 여기

—눈동자 넓이의 구멍으로 볼 수 있는 것

창이 터지려 한다. 자신의 용량을 넘어선 빛을 창은 추스

르지 못한다. 기어이 쌀통을 기어나와 바구미가 죽어 있다. 생명의 양식(樣式)은 그 세계가 어느 창을 통과해 이른 곳인지 묻는다. 대답하지 않는다.

인생이 심심해요

새벽 4시, 화장실 바닥을 솔로 문지르다가 사십에 여드름이 날 작정이라던 옛 여자 얼굴이 떠올라 변기에 앉았습니다 인생이 너무 심심해요

한 여자는 헐은 입으로 바닥같이 잠을 자고 작은 여자는 무릎 안쪽을 긁어요

우리 동네 잠은 얇아요

신나게 밤의 시작과 끝을 왕복하는 오토바이 때문은 아니에요

가을 같은 바람이 부는 겨울을 바라는 욕정은 봄이 뿌리는 탈진을 여운 삼아 여름을 온전히 지나온 훈장 같은 것이지만

반쪽만 땀을 흘리는 내 머리는 두 개의 계절을 온전히 비교 못합니다

가을에 가을바람이 불어도 행복해하는 이 비루한 영혼이

한 번도 진한 피를 가져보지 못해서인지
우리 동네에서 사는 일은 묽어요
일어난 자리 구겨진 이불 꾸러미 얼추 봉분이어도
기울어진 가을볕은 성겨요 그래서 별의 뒷자리가 다 보여요
사랑이 사람에게 뱉어낸 말들 쌓인 자리에서 관 자리 만들려 퍼올린 흙 향기 날 때
발 빠진 곳 찬찬히 보니 오랜 살 더미였어요
비라도 내려야지 우리 동네 공기는 너무 밋밋해요
빗방울들, 알고 보니 떨어지는 곳이 목적지였다고 수군대다가
흐르는 일이라는 게 어쩔 줄 모르는 것들이 서로 모여 같이 부비는 일이라고
멋지게 돌아오라고
물방울들 제법 날 선 어깨로 돌아서네요
그래도 너무 심심해요 나를 뚫고 흐르는 생은

—처음 본 가을

4. 바닥, 거기서는 모두가 추상이다

지면을 통과해 지하로 들어서는 과정은 1 다음에 바로 -1이다 0은 없다 0은 아무것도 비유하지 않거나 태생이 무한영역인 그의 무게를 감당할 수 없어 인간이 슬그머니 치워버린 비유주체이다 0 자신은 '시작도 아니고 끝은 더욱 아니'라 했으니 어떤 과정의 전기(轉機)이다 그 전환은 0이 자신을 중심으로 대칭을 만드는 일이다 1과 -1이 그렇고 나와 거울 안의 내가 그렇다 대칭이란 방향 하나를 빼면 같음이다 1과 -1사이에 0이 있다면 나와 거울 안의 나 사이에 경계가 있다 현재라는 한순간 '나'는 일시적으로 시공간을 점유하고 다른 '나'들과 똑같은 거리를 만들기 위해 서로 진땀을 흘리고 있다 미분하여 정지된 이 찰나에 다른 사물과 교통하여 무엇을 희망할지 모르지만 찬바람은 날카롭게 기억을 밀어낸다 물결이다 현실은 1이라는 순간부터 몸서리친다 시공간에서 0을 중심으로 음(陰)은 반(反)현실이다 현실에 의해 만들어진 반현실이거나 현실을 만들어낸 모태로서의 반현실이다 과거라는 시간이 그렇고 거울 안의 내가 그렇다 세상에는 실재하지 않는 그림자로 세상과 서로 밀고 당기는 것이 있어, 이 허상들과 실재하는 것들은 쌍을 이루고 그 쌍이 서로 소멸해 무(無)가 되거나 무가 한 쌍의 신비한 대칭을 만들어내는 일은 일상이다 일상의 힘이다 과거의 어느 날은 어느 현재와 만나 쌍소멸하고 거울 안과 나 사이에 드리워져 있는 0의 그림자

는 문득 이 둘을 만들었다 내 의식의 반전상은 항상 자기 꼬리를 찾아 떠돌았다

—꼬리를 물다

시(詩)의 과정이다. 현실 안에서 환상을, 고향을 추적하여 다시 가능성의 상태를 느끼게 하는 역행이다. 본질로 역행하는 길이며 다름 아닌 자유라는 길이다. 이 길은 가능한 모든 환상에서 현실을 선택하는 의식의 작용을 거꾸로 따라간다. 현실에서 출발해 가능한 모든 환상을 향한 역주행.

별은, 가을별이 가진 따뜻함에는 겨울을 건너온 자의 서리 내린 한숨이 서려 네 피부 아래 쉬이 냉기 고인다 연보라 펄럭이던 네 그림자가 일어서 웅크린 너를 뒤에서 끌어안으니 나는 뒷걸음질하는 7이 되어, 상처에 고이는 피처럼 길 위를 흐르는 낙엽에게 묻는다 8은 투병중인가, 8과 9 사이에는 무엇이 출렁이고 있어 나와 저

기 우산으로 비의 그림자에 든 꼬마 모두 3과 4 사이

3.7차원을 방황하는 소수(素數)인 줄 모르고, 비 갠 날 양지에서 아무리 나를 분해한들 1과 나 자신뿐인 소수로 이 우주의 반나절을 견디는 사이

정수 사이에 존재하는 무한(無限), 무한을 흐르는 동안 단 한 번도 반복하는 무늬를 지니지 못한 무리(無理)를 수라고 부르는 무모함이 생이 가진 곡률이라면 닿을 곳 없는 추락이야말로 유일한 해답이라 쓰여 있는 답안지의 시간과 무한의 절반도 무한임을 아는 공간 사이

다시 무한은 제곱해도 무한이라는 동어반복뿐인 암흑을 손으로 더듬어 느끼는 곡률, 얼마나 빨리 발산하거나 얼마만큼 맥없이 수렴하는지 차이 없는 차이만이 내가 고를 수 있는 전부임을 아는 일은 저 가을 햇빛을 온몸으로 투과하는 일, 암흑과 정확하게 같은 투명도를 가진 저 빛에 온몸으로 뛰어드는 일과 곱게 화장하고 좌표공간에서 소수(素數)로 살아남는 일 사이

—사이

개미에게 물었다. 네가 일생을 바치는 거대한 집은 네게

무어냐고, 개미는 울었다. 질문은 슬픔을 향한다며, 길이 물었다. 자신이 몸 뒤챈 흔적을 따르면 어디냐고. 이를 악물었다. 바닥으로 퇴행할 수 없는 이들의 생은 그 속성 때문에 외면할수록 더 많은 세상이 헐벗고 드러난다.

밤으로 허공을 메우고 그 위에 버려진 불가능한 미래들이 산을 이룬 곳, 유령인 줄 모르고 내 처음 여자의 가슴을 잘근잘근 씹던, 체온을 주고 대신 싸늘한 날숨을 허겁지겁 삼킬 때 첫눈이 날파리처럼 떠돌던 그곳에서 하필, 나 눈 떴네

가능한 미래는 가능한 모든 과거들이 간섭한 얼룩이라네 강산(强酸)에도 삭지 않는 건 시간과 기억의 질량과 이 둘이 중첩된 그림자

얼룩에 발 걸려 무거운 몸 넘어진 밤, 일어나지 못한 기슭, 눈 뜬 곳에서 하필, 계절의 마지막 눈이 나를 봐버린 그래서 복기할 수 없는, 하필

—분노의 몸통 (죽음의 계단 2)

오래된 창조이다. 인간도 시도 이 길을 따라 바닥으로 내려갈수록 모두 추상으로 변한다. 이제 꿈도 더 나은 꿈도 없다. 다시 가능성의 세계, 근원적 환상은 물고기에게는 대양이며 어느 흐린 날 대양으로 돌아가는 먼 길이다. 우리가 예전에 환상이라고 불렀던 작은 조각들은 순간적으로 발생하는 수동적인 역선택의 지류들일 뿐이다.

쉬이 마르는 냇물이 바닥을 드러내면 거기 누룽지처럼 들러붙어 멍하게 티비를 본다 꺼진 티비의 화면 뒤로 모르는 이들의 전생이 고여 소리 없이 잠자고 그 옆에 땀 흘리며 밥 먹는 혼자가 있다

정신은 아직 몸에 미련이 남아 뒷덜미에 스민 꿈 한 토막에 소스라친다 살갗에 동심원의 파문이 인다 그 중심에 초점 놓은 눈동자 하나, 자극이 없으면 몸은 혼(魂)을 가두지 못한다며 자꾸 마른 우물에 빠진 두레박줄을 잡아 흔드는데 떨림을 그리는데 잔물결에 놀란 몸은 문을 닫고 혼은 단백질 껍질이 느끼하다며 쉽게 증발한다 가끔 숨을 쉴 수 없어 벽에 몸을 던지면 순간, 바닥이 가

을 하늘이 되고 벽이 숨을 쉰다 고백건대, 기운이 없다
  쪽팔린다 이탈한다 지문 물결 생생한 네 손길 없이는,
옆구리 물어뜯는 네 날숨의 열기 없이는, 떨어진다 우물
바닥에 고여 있는 홑장의 하늘로
  가을 한낮 골목 안에 아무도 없다

—나를 다듬는 지문(指紋)

꿈이 찰랑거리는 수면 근처를 떠다닌다. 깔딱 숨 참으면 꿈이었고 몰아 내쉬면 익숙한 천장이 거기 있었다. 일요일 아침 수면을 오르내리며 3만5천 개의 세상을 구경하고는 우울하다. 처음부터 각각의 꿈들이 각각의 세상이라 간주하고 현실을 꿈들이 붕괴한 참사의 현장이라 믿는 일이, 처참한 현장에서 억지로 추상의 파편들을 찾아내어 있지도 않던 현실을 생명이라 부르는 일보다 우리의 직관에 맞아떨어진다. 진정한 생명성은 바닥에 있는 추상이다. 추상이 폭발해 물 위로 떠올라 얼어버린 파편들이 묘사이며 아침에 제멋대로 뻗친 머리카락이다. 시는 다시 잠수하는 일이다. 뻗친 머리카락의 모양에서 길의 비밀을 풀어 바닥의 추상으로 가라앉는 일이다.

바라보는 일은
네게서 세상을 덜어내는 일
그 수렴의 축에 남은 눈망울 하나
보름달의 얼룩을 가진

네 지문으로만 뜨거워지는 혈류를 가진 죄
우연히 모였다 흩어지는 신열(身熱)에
푹 삶아진 삶은
그렇게 귀 기울이는 일
가는 팔목 솜털 나붓는 잔바람 얼룩에

네 더운 입김의 무덤에
마지막 겨울 눈발을 모아 담장을 쌓던
발자국 하나, 곪다가 곪아터져
비 오는 날이면
새순에 날 세워 제 살점을 발라내는 소리
빠득빠득 이 가는 소리

우주가 점으로 수축할 때

너는 벽이었다가 경계선이었다가 접점으로
그 긴장으로 일어나
나와 시간은 살 부빌 일 없었으니
텅 빈 공간을 감아넣은
동면의 바닥에 뿌려진 씨앗 하나

—당신의 패턴

인간의 몸은 의미의 진공을 만나는 순간 깊은 슬픔으로 대응한다. 입 닥치고 바닥을 바라본다. 삶의 대부분은 진공이기에 시간은 대부분 슬픔으로 채색되어 있다. 침이 고이기 시작하자 변기는 소리를 흘린다. 예상을 조금씩 뒤트는 리듬, 물이 만드는 엇박자. 온밤 불규칙이라는 규칙으로 황혼을 진 큰 산의 능선을 그린다. 물속에 새끼 오리가 있다.

미안합니다. 영순씨, 당신께 한 장 편지 쓰는 일도 이
렇게 한잔 낮술이 필요합니다. 마을은 푸릅니다. 그러

나 이 푸름은 뭔가 모르게 들떠 있습니다. 이 마을에도 또 하나의 우주가 그림자만큼 가까이 와 있기 때문입니다. 오른손 손가락 사이로 왼손 손가락이 들어갈 수 있는 것과 같은 이치이죠. 초록의 그림자가 초록입니다. 멀쩡한 것이 슬퍼 보이는 건 당신 때문이 아닙니다. 우리가 슬픈 우주와 겹쳐 있는 곳이 바로 거기 그림자께여서입니다. 소주는 다른 우주를 볼 수 있는 천 원짜리 투시제라는 사실도 함께 고백합니다.

나는 당신을 기다리고 있습니다. 시간과 공간은 밀가루 반죽처럼 한몸이어서 공간을 늘여대면 옆면인 시간이 쫄아붙고 시간을 많이 쓰면 공간이 꼼짝 않는답니다. 그래서 깨달았습니다. 당신과 만날 그날까지 가장 빨리 시간을 낭비하는 방법은 꼼짝 않는 것입니다. 공간을 안 쓰면 시간은 빨리 갑니다. 몇 날을 꼼짝 않고 누워 있었습니다. 그러나 문득 이 야속한 지구는, 위도 37도인 이곳에서 1초에 464m의 속도로 자전하고 있었습니다. (아, 어지러워라) 또 1초에 29Km씩 공전하고 있으니. 거기에 우리 은하 또한 어마어마한 속도로 돈답니다. 돌겠습니다. 꼬인 내 인생을 어떻게 풀어야 할지,

당신이 꿔간 (내 전 재산) 5백만 원은 절대 아깝지 않습니다. 당신은 돌아올 것이기 때문이기도 하지만 또 하나, 뉴턴의 실수에 대해 알았습니다. 그는 실연을 당했습니다. 사랑이 상황에 따라 상대적으로 변한다는 사실

을 그는 받아들일 수 없었던 겁니다. 그래서 절대공간을 만들었던 거죠. 상대적인 걸 설명할 수 없던 그는 절대사랑이라는 말로 그냥 얼버무려 넘어갔죠. 여자는 그를 떠나 과학사를 왜곡했고 (영순씨, 당신은 이 여자와는 다릅니다) 아인슈타인의 상대적 연애는 성공했지만, 절대 5백만 원이 아깝다는 말은 아닙니다.

우리의 잊을 수 없는 첫날밤이 떠오릅니다. 당신의 수줍음은 강한 핵력과 같았습니다. 여관방 화장실 문은 열리지 않았고 안에서는 하염없이 물 흐르는 소리와 코 고는 소리가 났지만 그렇게 나는 문고리를 부여잡고 당신에 대한 끓는 사랑을 혼자 해결했지만, 잠 깬 아침 (화장실에 선홍으로 얼룩진 한 장 팬티를 남기고 사라진) 당신 없는 화장실에서 문 열어놓고 혼자 샤워했지만 오래오래 샤워해 여관비는 아깝지 않았지만, 상처 없이 닫힌 공간을 뛰어넘는 일은 우리가 사는 3차원에서는 절대 불가능하다는 걸 몸으로 뼈저리게 느꼈습니다. 내 사랑의 가장 큰 관건은 시간입니다. 다른 차원에서나 가능한 유연한 시간.

내가 당신께 달려가지 못하고 여기서 기다리는 이유는 150근짜리 내 몸이 강력한 중력장(gravitational field)에 묶여 있어서가 아닙니다. 영순씨가 떠나던 날 내게 집어던졌던 휴대폰이 깨지면서 만든 사랑장(love field) 때문입니다. 이 마을에 중력은 없습니다. 나는 둥 둥 떠다니지만 아직 여기에 있습니다. 언젠가는 이 장(field)에 걸릴 당신과 5백만 원을 기다리면서.

―영순씨를 기다리며 쓰는 연서(戀書)

5. 시(詩)는 무엇도 담보하지 않았다

다만 언어라는 계단을 밟고 서서 상상하는 힘, 다른 세계의 문을 여는 문자(文字), 내 발로 하는 도약, 꿈이 꾸는 정신, 환상과 똑바로 눈 맞춘 시선,

너를 높이 던지고 점점이 검은콩 주먹밥을 기다리는 사이 날것인 내가 왼손으로 떨어진다 오른손에서 뛰어오른, 소나기처럼 파고드는 아침의 너와 밤 썰물로 빠지며 비린내를 뿌리는 너 사이 또다른 내가 진공으로 멈칫거리고 왼손이 기다리는 건 마른침 튀던 새벽 그 천장의 싸구려 겹무늬, 너의 찬 손을 그러쥔 것이 어느 후회였는지 방향 없이 구르던 네 머리를 지탱했던 것이 어느 어깨인지 어느 처서(處暑)인지 어느 골목 막다른 담벼락인지 네가 그린 포물선의 반전을 따라 덜 마른 어둠으로 곤두박질치던 적란운이 지린내를 삼킨 자리, 그 위로 날것 하나 떨어진다 가로등만한 왼손이다 날개 없는 것이 위로 오른다 오른손에서 일곱 개의 너, 왼손에서 오른손으로 딱 감당할 만한 순서대로 포물선 어디 물결처럼 떠도는, 웅얼대는 허공으로 어느 가을로, 탈골한 어깨로 그렁한 넝쿨 떨어진다

—저글링

무의식이라는 전장에서 벌어지는 의식과 현실과의 투쟁을 지나, 갈 데까지 간 자유는 환상으로 복귀해 더 많은 층을 관통할 수 있는 힘이다. 경계를 만나기 위한 학대이다. 위험이다.

손가락 사이를 흐르는 바람의 결이 공간의 깊이에 대해 수군댄다 네 살에서 묻어나는 소금의 농도, 내 혀는 슬픔의 무게를 다는 저울이다 산 너머 먼 개 짖는 소리가 고막을 흔들어 계산하는 것은 고향까지의 거리, 화분을 받치고 누워 있는 몇 권 시집을 바라보는 일은 입 다물라는 명령이다 침묵하는 방법이다 피 냄새만으로 상처를 찾아내는 후각은 다음 상처까지 여유분의 시간을 눈치채는 기관이며 이 모든 것이 모여 이룬 여섯번째 감각은 시공을 측량한다 기억은 시공을 수용하는 감각기관으로 죽음의 땅을 지날 때 사용할 수 있는 유일한 고

삐이다 너를 말할 수 없다

—여섯 개의 귀

어느 날부터 자유는 여집합이었다. 무엇이 아닌 것으로 자유. 스스로 무엇이라 말할 수 없었던 그것. 어떤 범주. 지구의 중력장을 벗어나야 하는 로켓에게 자유는 스스로를 태워 본체를 밀어올리는 액체연료이기도 하면서 모든 것을 버린 마지막, 탄두 속의 착륙체이기도 하려니와 더더욱 로켓이 만들어진 목적이기도 하다. 모든 목적의 근원, 자유는 관념이 아니라 촉각으로 느낄 수 있는 인간의 장기(臟器)이다.

힘준 강태 자지는 네 치 반이었고 나는 네 치 조금 넘고 춘식은 다섯 치 가까웠다

지도 계절이라고 썩어가는 감잎이 소나기처럼 퍼붓는 산그늘에 나란히 서

힘줘 허연 오줌 몇 발을 갈기며 서로의 숫자를 기억하고 나니 더 알고 싶은 게 없었다
쓸쓸했고 헤어질 만했다
강태 걸로 여덟 번 내가 아홉 번이었던가, 공배수의 자리
스물여덟이었고 하나가 문득 쓸쓸했던지 죽었다
그 후로 내가 열일곱 번 춘식이 열네 번 정도 자기 길이를 더해
같은 자리, 어느 순간, 마흔둘인 춘식이
—세상을 다 알 거 같아
건방진 춘식이 죽을 거 같았다
서로 다른 자 세 개면 충분했다
그것들이 겹쳐 만나는 자리는 깊게 패어 후떡, 발목을 걸었고
그 감나무 그늘을 살피면
모든 게 있었다
춘식이 죽을 거 같았다

—공배수(公倍數)

약물이나 뜻하지 않은 기이한 체험으로 겪기도 하는 관통의 과정은, 다른 세계들이 쌓인 무수한 겹을 지나며 빠지는 황홀한 체험은, 죽음이라고밖에 말할 수 없는 저 다가오는 구멍들은, 대지를 쉬이 훑고 지나는 비행기의 그림자가 낚아채는 호흡은, 예술은, 절대 같은 자리에 돌아올 수 없는 영원의 길은

"계몽이란 관례에서 벗어나…… 규율이라는 사슬을 푸는 일……"

오후 4시, 돌아누운 여자의 윗몸은 칸트를 읽는다

여자의 아랫몸과 얽혀 떨던 남자의, 장맛비를 타고 오르다 홀연 마주친 고비에서 몸서리치는 빈 동공이 기억 못 하는 마지막 초점

축축한 살갗이 서로를 계몽하는 7월

세상 또한 알몸으로 어두워

곰팡이 번진 육지의 소일

발기한 막대기 별을 먹구름 터진 구멍을 찾아 밀어 넣는

역행하는 계몽

계몽이라는 도발

쉬이 무릎에서 가시지 않는 장마

—장마 (죽음의 계단 3)

장막에 가린 복층의 세상을 보여줄지언정 시가 담보하는 것은 없다. 초겨울 기울어진 햇살이 자장(磁場)처럼 나를 이끌던 수돗가, 얼굴을 닦아주던 어머니의 거친 손에 다시 긁힐 수 있는 시공이 그때 그것인지 아니면 다른 위상공간인지 알 수 없다.

여자의 입에서 비눗방울이 나왔다 여자의 말은 들을 수도 볼 수도 있었다 작은 방은 위에서부터 말로 가득 찼다 봄이었다 여자는 움직여야 생각할 수 있었다 생명은 원래 그렇다고 했다 여자의 눈에서는 수은이 흘렀다 그 무정형의 중금속이 발목까지 차오른 날 여자의 슬픔이 더 무겁다고 내가 실토했다 비 그친 날이었다 여자가 만드는 모든 세상을 나는 걸어다녔지만 그렇게 믿었지만 사건은 끝이 없었다 세상이 끝이 없었다 가장 단순한 건 죽음이었다 콧속으로 수은이 흘러들어도 숨 가쁘지 않았다

마지막 밤 여자는 비눗방울 안을 수은으로 가득 채우고 작은 방에 떠 있었다 딱 심장 높이였다 무겁지도 혼란스럽지도 않았다 생명은 원래 무정형이었지만 여자는 모양을 가졌다

모든 거리가 그랬다 수은으로 인화한 사진이었다

—연애 이야기

대칭이라 믿었던 내 몸이 절반씩 다른 길을 간다. 그 끝에는 죽음이 있을 것이나 두 개의 길을 가는 두 반쪽은 같은 죽음을 맞을 것이다. 반쪽짜리 죽음이 없는 것처럼 두 개의 죽음이 하나일 수도 없다.

고여 있는 것은 찰박이는 짠물뿐이라는 사실을 항상 어두운 바닥을 향해 떨어지는 손으로 확인한다. 따라가보면 생각의 끈기가 다하는 곳에서 손은 젖어 있었고 상상을 짜는 원사는 짠물의 심연에서 풀려 올라왔으니.

소스라친다
피안(彼岸)에서 건너오는 울음 중에서 네 것에

모음은 깊게 멍 든 가을 하늘, 그 끝에서 끝을 한 주기로 채운 저음의 파랑과
사금파리 같은 지평선에 찢기는 하늘의 선혈, 그 마찰음을 자음으로 네 울음은
온전한 화성(和聲)이다
철 놓친 모기 한 마리 서쪽으로 피 냄새를 따라 서쪽으로

그래서 울음은 통째로, 한꺼번에
가을이다

—대칭이 깨진 자리

6. 존재의 빈칸

내 아침을 가지고 떠난 사람의 얼굴은
웃음은, 점점이 박혀 있는 잡음은
잡음이라는 표정의 또다른 얼굴은
아침이 하는 많은 일 중 하나만 느낄 수 있게 하는
심중 깊은 바늘은
모든 세부구조를 가려 그 아침만 선명해,
녹지 않는 슬픔이 그물 진 저 웃음은
차라리 모든 일이 한꺼번에 일어나지 않아 생긴 비극
잡음 때문에 더 선명한

이불이 양보하지 않는 파인 자리
아침에 만나는
내 옆에 분지

—마블링*

정착하지 못한 영혼의 목을 조르는 것은 불안이고 안착한 정신은 권태에 의해 죽어나간다. 이제 존재에 여백은 없다.

* 선홍색 살코기 사이에 하얀색 지방이 그물처럼 퍼져서 박혀 있는 것. 고기의 맛을 좌우한다.

그러니까

위악도 농담도 위상공간도 아닌 현실에서 여자의 이름은 춘자였다 춘자가 뿌리는 향수는 반경 3킬로미터의 영향권을 가지고 있었으며 이 공간 안에 들면 남자들은 반응하기 시작했다 이 현상은 춘자의 표면에 전기를 띤 입자들이 얼추 모여 있기 때문이며 따라서 춘자의 주변에는 특정한 장(場)이 형성되었다는 이론을 검증하려 덜 익은 복숭아 찌르듯 춘자의 볼에 손가락을 댔던 부동산 박씨가 정신을 차린 곳은 내장이라도 보일 듯 닳은 소가죽 소파 뒤편으로 2미터는 족히 날아간 자리였다 순간 주변이 벼락이라도 치듯 밝아졌다가 어두워졌다는 증언은 동석했던 과일 가게 추사장의 것이었다 달리 설명할 도리가 없었다 춘자의 표면에는 뭔가가 있다고 수군대기 시작한 지 얼마 후 그러나 어차피 이 우주에 전하는 두 종류밖에 없다며 힘없이 춘자를 따라 걷는 남자가 마을에 나타났다

말자의 변덕은 예측이 불가능하다는 사실만이 예측 가능한 특징을 가졌다 이런 변화가 유일하게 춘자의 꼭지를 돌게 하는 원인이었다는 가설은 지역신문의 2단

짜리 기사에 해당하는 무게를 가지고 있었다 기자의 관찰 결과 말자의 변덕이 최고치에 이르는 시기는 춘자가 변치 않는 인기로 많은 팁을 거둔 날과 거의 일치했다고 한다

두어 달 전 말자가 마을에 모습을 드러낸 후 정다방 내부에서 일어난 역학관계의 변화나 춘자와의 불화에 상관없이 말자에게는 항상 남자친구가 있었다 우주 탄생 이후(정확하게 10^{-10}초 후부터) 항상 그랬으며 말자가 반으로 나누어졌더라도 반쪽짜리 남자친구가 탄생해 붙어다녔을 것이라고 수군댔다 하여간 상대적으로 떨어지는 미모를 수완으로 메우고 있는 말자는 남자친구에게서 자신의 모든 성질머리를 받아주는 존재 이상의 가치를 찾지 못했다 이런 남자의 존재는 우주적 안정에 일조하는 면이 크다 실제로 일정한 거리를 두고 말자와 남자를 바라보면 둘은 평온해 보인다 남자가 말자의 모든 돌발적 에너지를 받아내어 감내하고 있기 때문에 그 내부적 들끓음을 눈치챌 수 없다

춘자가 만드는 장(場) 또한 항상 일정한 것은 아니었다 태양 흑점의 변화에 영향을 받는다는 설도 있었지만 보다 현실적인 원인은 주변의 습도와 그날 화장 먹음의 정도, 지난밤 잠자리의 만족도 등이 거론되고 있었다 사실 말자가 보이는 변덕의 근본적인 원인은 춘자의 아름다움이 매순간 어떤 상태를 보이는가에 달렸다

는 주장이 정설이다

서로 갈등하지만 삐딱하게 공존할 수밖에 없으며 서로에게서 새로운 에너지(이 안에는 부정적인 것 또한 많다)를 끌어낼 수 있는 춘자와 말자의 관계를 밝힌 이조차 아직도 해결하지 못한 사실은 이 둘 중 누가 누구의 원인이며 결과인지, 이 둘이 보이는 서로에 대한 촉매작용은 종국에 발생할 어떤 결말을 가리키고 있는지, 이다. 그러나 확실한 건 아직도 이 둘이 마을의 긴장과 아슬한 평화를 지탱하고 있다는 사실이다

—**맥스웰방정식***

새로운 감각을 찾는다. 새로운 존재를 느끼기 위해서는 새로운 상호작용을 눈치챌 수 있는 감각기관이 필요하다. 오감으로 느낄 수 없던 존재. 환상으로 귀향해 모든 곁에서 존재할 수 있는 새로운 아름다움,

* 전자기 현상의 모든 면을 통일적으로 기술하고 있는, 전자기학의 기초가 되는 방정식.

영혼이 가진 자유도는 존재의 바닥을 투시하는 깊이와 비례한다.

숲을 연역해 얻은 야수의 눈빛이 순간, 어둠을 지고 낮은 숨으로 아침을 기다리는 가축으로 변했다 눈을 감은 여자는 그랬다

다른 곳에서 치른 한생이 또, 그랬듯 아침이 왔고 여자가 왔다 흉터의 원인이 상처인가요? 내 가슴골 깊은 흉터를 혀로 메우는 여자, 정교하게 빗은 결이 골을 만드는 곳에 세 개의 가마가 소용돌이치고, 세상을 연역해 인간을 찾았던가요? 소용돌이는 다시 여자의 시선이 되고 갈증이 고여 샘으로 응고해, 당신이 증발하면 이 덩어리 흉터만 남겠죠? 격렬하게 연소하는 여자의 흉터는 저 눈이다

—새벽으로 환원할 수 없는 것

있는 것들의 속을 한 아름 욕심껏 채워 존재다움을 완성하는 아름다움은 존재에 우선하는, 존재의 구들장이다. 우리가 존재를 느끼는 방식이다. 존재들이 뿜어내며 모든 감각수용체로 육박하는 존재감이 그것이다.

모든 상호작용, 보고 듣고 느끼고 맛보고 냄새 맡는 모든 방식 자체를 우리는 아름다움이라고 부른다. 이 주고받음은 스스로가 바로 아름다움이며 선택적인 것이 아니다, 아픔이 그런 것처럼.

6시, 지상보다 하늘이 밝아지는 높이 하늘 아래 60미터 작은 독방, 한번 오르면 땅이 하늘보다 빛날 때까지 머물러야 하는 허공의 고치, 지상의 누런빛이 하늘보다 무거워지면 그는 다시 지상으로 올라간다 발부터 밝은 곳을 향해, 어두운 곳에서 밝은 곳으로 오르는 일, 그를 이루고 있는 분자들은 어디가 죽음이고 어디가 밝음의 땅인지 적응 못하고, 그래서 새벽녘 땅 위 60미터 독방의 그림자에서, 어스름녘 지상의 파도 바로 아래에서 한 대 담배를 태운다 경계 위를 어슬렁거리는 영혼을 위한 향, 한 오라기 연기를 올리는 작은 불빛을

—우울한 타워 크레인 (죽음의 계단 4)

존재는 죽음을 포괄한다. 그러나 죽음이 꾸는 꿈은 삶 안에서 삶이 아닌 것의 그림자를 분광하는 일이다.

한생이 뿌리박은 곳
5백만 년 갈아온 칼날 위
벼린 날 위에서의 생도
주체 못하게 푸르렀으나

초록만 생은 아니라고
꾸욱 발 움켜쥐고 느리게 속삭이는
바위, 아니 바다의 전생

상처를 접어 감추면
하늘 겨눈 날 하나 생기고
두 번 접으면 이내 물러져

여기저기 이슬 달리는데
그렇게 세 번 접은 그것은
하릴없이 썩어
대책 없이 날카로워져

빗물이 새긴 문신 하나 지우지 못한
나무로 지낸 영겁의 한철
벼린 생이 외로운 건
태생이 허공이어서만은

—**바위 위에서 한생 (죽음의 계단** 5)

인간을 오로지 인간의 시각으로만, 대상에게 또한 인간의 자기매몰적 시선을 지독하게 고집하는, 사회적 틀 안에서 부유하는 정신들을 못질해 매달고 자신에 의해서만 자유로울 수 있다는, 그래서 제한적이고 고전적인 시선을 고수하면서 단순한 과학적 틀로 혹은 그마저도 몰래 방기하는, 단순한 심상 이상으로는 자연에 접근하는 방법을 외면하고 지극히 사적인 취기를 과대평가하면서 자신과 자신의 주위로, 주위에 모인 소소한 시선에 소아적으로 집착하고 광대

한 바깥은 외면함으로 자기를 포장하는, 마치 천동설의 복권을 실현하려는 음모의 방편으로 오로지 자신의 형식으로 추론하고 미박(微薄)한 의미를 얹은 단출한 동선에 합의하는 일이, 존재한 적 없는 보편적 이성에 대한 숭배와 믿음으로 강조해온 두어 개의 시절.

이제 걷어버려야 할 이성의 좁은 틀 안에서 편협한 감성으로 휘두르는 수구적 난장(亂場)이 있던 자리에 새로운 감각기관이 쏟아내는 진화의 정보들을 처리하고 이와 함께 세계가 보여주는 진정한 허무적 위상을 있는 그대로 모델링하는, 그러니까 몹시 소아적이기만 한 인간과 자연에 대한 이해와 이들의 독재적인 전횡을 파기함으로 인간과 세계에 대해 단선적이고 일방적인 해석만 있는 문학적이고 문학적이지 않은 그들의 '경전'은 더이상 믿지 않으며, 거시적이며 미학적인, 미시적이며 통시적인 입장에서 환상과 나, 세계와 현실의 역학적 관계를 다시 고려한다. 평균적 미학이 있던 자리에 다양성이 가진 생명력을, 봉합적 획일이 휘두르던 무딘 칼날 앞에는 낱개의 생명들이 서로를 인정하는 방식, 다름이 가지는 포텐셜을 배치한다. 부정은 동력이고 도전은 무기이기에 여기서 생산된 파편은 작지만 날카롭게 상승한다. 몰락해야 할 이데올로기들이 있다면 스스로 주위를 둘러보라. 관통하려 날아오는 작은 것이 있다면 기꺼이 몸을 맡기라. 죽을 것이다. 죽지 않을 것이다. 두 개, 아니 그

이상도 존재할 만큼 세계는, 이해는 넓다. 죽지 않고 서로를 먹어치움으로. 부활하는 카니발리즘은 어쩌면,

밤은 없다 밤에게로 걷는 골목이 긴 어둠으로 절여져 있기에 저기 무언가 어둡다 멀수록 더 짙어지는 것, 밤과 나 사이의 어두운 간격이 밤이다

그는 사건이었고 나는 순간이었다

사분사분 암흑을 도려내는 먼지의 잔영에 따르면
내가 포함된 변화는, 사랑은 서 있지 않는다
아직 빗물 고이지 않은 하나 발자국이 말하길
태초부터 사건은 없었으며 모두가 엮인 이야기가 전부였다 사랑은 그랬다
어느 곳 어느 순간에나 있는 건 사건들 사이를 출렁이는 물결뿐이었다
영원은 그랬다

나를 한 장의 사진으로 오해한 그가 스스로 동떨어진 사건이라고 위로한 계절 동안 세상에는 아무것도 없었

기에 그는 관계이고 나는 변화이다

그와 내가 함께 있으면 우주이고 그에게서 나를 덜어내면 처음이다

—**이야기의 역사** 2

해설

타불라 라사(Tabula rasa)에 쓴 환상시학 선언문

이민호(시인 · 문학평론가)

1. 왜 '환상선언'인가?

시집의 출발은 '혁명의 낌새'를 눈치채면서부터다. 1848년 혁명 전야, 인민의 함성이 유럽을 휩쓸고 갈 무렵 카를 마르크스와 프리드리히 엥겔스는 머리 맞대고 『공산당 선언』을 작성한다. "하나의 유령이 유럽을 배회하고 있다"로 시작하는 이 짧은 문건은 160년을 넘게 유럽과 아시아와 아메리카를 떠돌아 2012년 김병호의 '환상선언'으로 변주되었다. "하나의 환상이 일상(日常)을 떠돌고 있다"고.

'선언'은 두 가지 메시지를 담고 있다. 하나는 더이상 견딜 수 없는 지경에 이른 급박한 현실의 폭로이며, 또다른 하나는 새 세계의 도래를 긍정하고 예감하는 실천강령이다. 일찍이 '선언'은 권력 가진 자들을 공포에 떨게 하거나 불편하게 만들었다. 그래서 그들은 허둥대며 선언의 진의를 아전인수 격으로 읽어 형편없는 휴지 조각으로 만들거나 망각 속에 가두려 한다. 하지만 괴물인 듯 다시 살아나는 괴력을 보인 것이 혁명의 현대사다. 아무리 '유령'이라 치부해도 역사의 수레바퀴를 되돌릴 수 없듯이 '환상'은 우리 일상 속에서 언제나 거주하고 있다. 이 시집은 그것을 우리에게 확인시키고자 한다.

『공산당 선언』의 폭로의 비등점은 "소외된 노동에서 행복은 나오지 않는다"는 것이다. 그 실천강령의 정점은 '개인의 자유로운 발전이 만인의 자유로운 발전의 조건이 되는 세계를 향한 꿈'을 꾸는 것이다. 그처럼 이 시집의 '환상선언'은 6장의 폭로에 40편의 시들이 강령으로 꽂혀 있다. 소외된 시의 모습을 6장에 나누어 구조화하고, 거기에 유토피아적 시의 세계를 향해 가는 시인의 실천의지를 담았다.

『공산당 선언』은 사회주의자가 택할 수 있는 전술의 원리를 '연대'에 둔다. 이와 견주어 김병호가 시인으로서 도모한 전술의 원리는 '포이톨로기(poetologie)'다. '시학(poetics)'적 차원의 시 쓰기 방식이나 원리에서 벗어나 시를 하나의 신념체계로 새롭게 개념화한다. 즉 언어 차원에서 '시인(poet)'과 '이념(ideologie)'이 하나의 논리로 변형 합체되면서 시의 새로운 인식을 열어놓는다. 이 환상체계를 어떻게 이해하고 수용해야 할지 꿈을 잃은 것 같은 우리에게 힘겨운 고통이 아닐 수 없다. 그러므로 시인은 우리에게 굳은 세계의 단면에 균열을 내고 상상력의 싹을 틔우라 요구하고 있다.

시집을 받치고 있는 손바닥이 내내 뜨겁다. 오래 기다렸지만 좀체 식지 않는 언어들을 찬물에 손 담그며 호호 불며 떡가래 뽑아내듯 편평히 텅 빈 서판 위에 나란히 올려놓고는 하나하나 단단히 굳어지길 기다려야만 한다. 그런 후 간이 잘 배도록 무딘 칼로 어슷하게 썰어놓는다. 그러나 맛은 어떨지 장담할 수 없다. 시인은 그처럼 우리를 코너로 몰고 간다. 그 막다른 골목에서 벗어나는 방법은 환상 아니면 안 된다는 것이다. 김병호의 시를 읽는 고통의 핵심은 그가 쳐

놓은 그물망에서 벗어날 수 없다는 데 있다. 시인은 한 편의 시를 던져놓고 조금 더 촘촘한 진술을 달아놓았다. 그 진술을 따라가다보면 우리는 분명 허무에 빠지고 말 것이다. 그렇다고 시에 의지해 돌파해 가는 길도 쉽지는 않다. 이 아슬아슬한 시 읽기를 제시한 시인은 혁명가인가, 몽상가인가, 아니면 무엇인가?

현재 시인은 행복하지 않다. 세상 시인들이 구사하는 언어가 이미 시효를 다해 그들이 생산한 시가 형해(形骸)에 불과하기 때문이다. 어떤 아름다운 수사로 시를 치장하여도 시의 내용은 언제나 빈곤하다. 언어를 다루는 노동자이면서도 생산수단의 결과물을 온전히 수수하지 못하는 현실 앞에 시인은 소외될 수밖에 없다. 김병호의 시적 인식은 이 불행한 시의 현실에서 출발한다. 그는 변화의 순간이 도래했음을 직감하였다. 우리도 서둘러 그가 제시한 환상시학의 체계로 들어가보자. 그는 『공산당 선언』의 유토피아적 욕망과 더불어 역설적으로 엘리자베스 퀴블러 로스의 죽음의 다섯 가지 수용 단계를 차용하고 있다. 사람들은 죽음에 직면하여 그 사실을 다섯 단계를 거쳐 수용한다. 1단계—부정, 2단계—분노, 3단계—협상, 4단계—우울, 5단계—수용. 이 수순을 시의 체계로 변주시키면 다다이즘—초현실주의—환상시학의 세 층위로 압축할 수 있다. 이는 죽음을 폭로하고 환상적 유토피아를 꿈꾸는 '포이톨로기', 즉 현실에 대해 시인이 취하는 시적 반응의 뼈대이다.

2. 부정과 분노

시를 소외시킨 세 가지가 있다. '시간과 현실과 의식'이다. 이러한 자질들은 시를 지배하고 억압하는 권력으로서 이를 부정하지 않고는 온전히 시의 길로 들어서지 못한다. 김병호는 오늘의 시들이 이 다다이즘의 단계를 거치지 않았음을 폭로한다.

어제를 계산한 결과가 오늘, 나다 오늘 나는 다시 같은 하루의 초기항으로, 아침이 내지르는 비명을 썰어 밥 비빈다 간단하다 세상은 너무 안정적이어서 매 순간 나를 되먹인들 변한, 변할 게 없거니와, 그래서 여기 텅 빈 골목은 거기 텅 빈 시간과 같다 여기 텅 빈 순간은 거기 텅 빈 들판과 같다
—「현실의 기작」 부분

시간은 의식의 자취이다. 의식을 풀어 해석하기 위한 기준이다. 객관적인 실체로의 시간에 대해 회의적인 언술이다. 좀더 구체적으로 시간을 공간과 함께 우주를 구성하는 실제 존재하는 양이기도 하다. 시간은 다른 차원에 숨어 있는 불연속적이면서 객관적 실재이지만 낮은 단계의 차원에서는 한 방향성만을 가진다. 시간은 실재하는 조각조각의 편린이며 이것들의 예측가능한 변화에 의식은 따

라다닌다.

—「시간과 사건, 현실과 인생 사이의 경험적 연쇄」 부분

시간과 현실과 의식의 세 단위가 하나로 묶일 수 있는 것은 '무변화'의 특성 때문이다. 시간은 과거—현재—미래로 한 방향으로만 흐르고 있다. 이 직선적 구조 속에서 시인의 삶은 같은 일상을 살 수밖에 없는 지루함의 포로가 된다. 너무도 안정적이어서 그의 시가 텅 빈 골목처럼, 텅 빈 들판처럼 허무주의에 빠질 것을 두려워한다. 생의 공허함을 조장하는 주체는 '의식'이다. 객관성과 예측가능성으로 포장된 의식의 폭력 앞에 시인의 현실은 회의적이다. 의식이 꾸며놓은 시간의 흐름과 현실의 경험을 시인은 참을 수 없다. 그래서 안정과 무변화의 신기루에 갇힌 삶의 현실을 구출하는 방법은 우선 이를 전적으로 부정하는 일이다.

필연인 것이 나를 죽였다 원래 시간은 죽음 쪽으로 골지지 않았다 오해였다 갈 곳 없이 어슬렁거리는 시간이 줄댄 곳, 인연이었다 이름이었다 메아리가 지나간 자리 쓰레기차를 탈출한 비닐처럼 나부끼는 작은 날숨으로 새는 신음, 이름이었다

—「이름의 고향」 부분

시인은 자신을 소외시킨 정체를 알고 분노한다. 부정해도

받아들일 수밖에 없는 호명에 응답하는 현실은 '쓰레기차' 에 실려 가는 처지와 같다. 시간은 인연이라는 이름으로 언제나 시인을 그곳으로 인도한다. 그러나 필연을 거부한 그 이름은 비록 '비닐처럼 나부끼는' 존재지만 신음하는 부정의 몸짓이다. 이러한 분노의 내면적 용솟음을 시인은 그리워한다. 이 부정과 분노의 다다이즘이 불러온 기재가 '혼돈'이다. 그래서 김병호의 시에는 정체된 현실의 메커니즘이 혼돈의 탄생을 가져온 아이러니가 있다. 그가 꿈을 꾸면 꿀수록, 그를 둘러싼 시간과 의식을 안개와 심연의 공간 속으로 던져놓고 추락시키면 시킬수록 오히려 현실은 묵직한 볼륨을 갖고 살아 움직인다.

3. 협상과 우울

죽음을 감지하고 이를 부정하고 분노했던 다다이즘의 단계에서 시인은 한발 더 나아가 '혼돈'의 다양성을 보다 구체화한다. 부정하고 분노했던 현실의 새로운 이해이다. 이러한 소통은 시간과 의식이 지배하는 직선적이며 폭력적 기재로는 불가능하다. 새로운 시간과 무의식과의 타협 속에 이루어지는 현장은 현실 저 너머의 세계이다. 그 초현실주의는 시를 소외의 굴레에서 벗어나게 하는 동력이다. 바로 '욕망과 추앙과 자유'다.

욕망과 추앙과 자유, 이 세 점으로 내 평면은 완성된다 허공으로 꺼지는 살얼음의 위태로운 평면 위에서 단 한 번 헛디딘 당신의 춤 한 자락이 내가 있는 차원에 빛으로 흩뿌려지자 나는 먼지의 시선도 따가운 소심한 그림자이고
나는 욕망의 장자(長子)이자 그의 유다이다 자유를 세 번 부정하고 맞은 아침 내 왼손은 고드름이고 오른손은 소금이었다 당신이 봄 안에 있을 때 내 안에서 녹아내린 것이 무엇인지 눈 뜨고도 이해할 수 없었고 빗속을 헤매는 당신을 향하다 녹아든 손이 불경(不敬)인지 몰랐다 모든 사건들이 모여 손잡고 뛰어내리는 곳에서 당신의 가는 숨은 나를 묶어 허공에 매달았으니
비극마저 우아할 수 있는 대가로 늙지 않았다 당신은, 세월의 고치에서 뽑은 실로 신발 신었었으니 맨발이 아닌 한 연보라이지만 욕망이 식으면서 토하는 긴 트림의 여운으로 이제 외면하는데 졸리는데 눈동자의 얼룩을 애써 지우는데
잠과 연애와 가려움, 이 세 점을 지우면 한생이 붕괴하며 부르는 노래가 들린다는데
—「당신의 차원」 전문

시인은 욕망하고 추앙하며 자유롭기 위해 '잠과 연애와 가려움'과 통(通)하였다. '잠'은 시간의 단선적 흐름에서 벗어

나 과거와 현재와 미래로 경계 없이 탈주하기 좋은 무의식의 공간이다. 의식이 가지 치고 현실이 단죄한 욕망을 잠과 소통하며 이루는 세계는 가히 초현실적이다. 누군가를 동경하며 우러른다는 것은 사모의 정이 사무칠 때이다. 시적 사물이 추앙의 대상이 아니고는 그처럼 절실하지 않고는 삶의 변혁은 성취될 수 없다. 이 혁명의 전위성은 또한 초현실적이다. 이러한 욕망과 추앙의 깊이와 속도는 속박으로부터 해방되는 그때까지 한없는 것이며, 무한대이다. 시인이 존재의 '가려움'을 느끼지 못한다면 불가능한 세계의 초월이다. 거추장스러운 철학적, 종교적, 윤리적 껍데기를 한 겹 거두어낼 때 비로소 시인은 자유다. 이 또한 실로 초현실적이지 않은가? 시의 차원은 그렇게 초현실적 순간을 교직한 평면적 공간이다. 이 평면성은 시간과 의식이 조장하고 있는 수직적 현실을 파열시키며 솟아오른 수평적 고원이다. '고드름'의 상징성은 섬뜩하다. 날카롭기 짝이 없는 칼날들이 땅을 향해 달라붙어 있는 그 입구에 시인은 서 있다. 흉측하고 거대한 괴물이 입을 벌리고 먹이를 기다리는 무의식의 세계다. 그곳을 거쳐야만 우리의 시는 정화되고 마술적 경이로움을 보여줄 수 있다. 이때 이처럼 시를 소외로부터 구출하는 초현실적 체험은 오히려 현실을 직시하는 날카로움을 보이며 극도의 의기소침을 동반한다.

사막에서 꽃은, 가을은 없는 것에 대한 비유이거나 존

재하는 것에 대한 새로운 명명 이상은 아니었다 그러나 가을의 투명도가 무저갱의 암흑과 같은 곳 9가 행복할 수 있는 곳 여기, 덩그러니 놓인 생이라는 빈껍데기에 상징이 걸린 곳 가을볕이 모든 사물을 뚫고 지나가 아무것도 남지 않은 곳

—「9는 행복한가?」 부분

현실을 초월한다는 것은 이렇듯 우울한 풍경이다. 소외로부터 탈주하여 통과한 상징의 끝에는 아무것도 없는 것 같은 공복의 헛헛함이 가득하다. 이 상실과 안타까움 속에서도 시인은 '3의 환상성'을 끝까지 부여잡고 있다. '9'는 단순히 숫자에 불과한가? 아니다. '3'의 배수로, 근대적 이분법을 해체하고 복원한 환상성의 정체다. '3'이 나와 너와 우리를, 하늘과 땅과 사람을 상징하는 순간, 3과 3의 3이라는 삼차원의 세계에 우리는 가닿을 수 있다. 바로 삶의 현장이며, 일상이다. 그곳은 힘의 원천을 담지한 곳이며, 구원의 원천이다. '9는 행복한가?' 묻는 행위가 곧 시의 실천강령이 아니겠는가?

4. 수용

시인은 다다이즘과 초현실의 단계를 거치며 이제 수용의

단계에 이르렀다. 현실을 완전히 받아들이며 유토피아의 욕망을 실현하는 환상의 공간을 설정하는 것이다. 이는 살아남은 자를 염두에 둔 탈주의 공간이다. 캐스린 흄(Kathryn Hume)은 "주어진 것을 바꾸고, 현실을 변형시키려는 욕망"을 환상이라고 말한다. 그러므로 환상시학의 핵심은 변화를 꿈꾸는 보다 적극적인 시적 체계라 할 수 있다.

우주가 점으로 수축할 때
너는 벽이었다가 경계선이었다가 접점으로
그 긴장으로 일어나
나와 시간은 살 부빌 일 없었으니
텅 빈 공간을 감아넣은
동면의 바닥에 뿌려진 씨앗 하나
—「당신의 패턴」 부분

환상공간은 '텅 빈 공간'이다. 존 로크의 견해를 따른다면 '타불라 라사(Tabula rasa)'이다. 일체의 경험 이전의 인간의 정신상태를 나타낸다. 선천적으로 주어진 어떤 의식적 판단을 중지한 채 감각과 반성의 경로를 거쳐 획득된 공간을 말한다. 외부에서 빛이 흘러드는 '암실(暗室)'이나 아무것도 쓰이지 않은 '백지'와 같다. 거기에는 시간이 발붙일 수 없다. 그러므로 현실적 의식 또한 일체 거부한다. '점'으로 수축하기도 하고, '벽'으로 확장하기도 하며, '경계'로 융

적을 포기할 수 있는 변화무쌍한 공간은 현실의 눈으로 볼 때 가히 환상적이다. 생명이 움트지 않을 것 같은 타불라 라사, 동토의 대지에 시인은 시의 씨앗 하나를 뿌렸다. 환상이 아니면 불가능하다.

다시 무한은 제곱해도 무한이라는 동어반복뿐인 암흑을 손으로 더듬어 느끼는 곡률, 얼마나 빨리 발산하거나 얼마만큼 맥없이 수렴하는지 차이 없는 차이만이 내가 고를 수 있는 전부임을 아는 일은 저 가을 햇빛을 온몸으로 투과하는 일, 암흑과 정확하게 같은 투명도를 가진 저 빛에 온몸으로 뛰어드는 일과 곱게 화장하고 좌표공간에서 소수(素數)로 살아남는 일 사이
—「사이」 부분

그와 내가 함께 있으면 우주이고 그에게서 나를 덜어내면 처음이다
—「이야기의 역사 2」 부분

시인은 텅 빈 공간에다 환상적 유토피아를 그려 보여주었다. '차이'와 '계급'이 없는 세상이다. 역설적으로 현실은 '배제'와 '차별'로 신음하고 있음을 고발한다. 시의 소외는 거기서 초래되었다. 현실에서 시를 만들 재간이 김병호에게는 없다. 아니, 포기하였다. 이는 현실로부터 도피하려

는 심사일까? 그럴지도 모른다. 시의 결절마다 숨겨진 여린 서정을 보면 분명 그럴 수도 있다. 하지만 그보다는 변화의 욕구와 현실을 수정하려는 욕망이 이 시집 전체를 지배하고도 남는다. 시인은 '암흑'을 어루만지며 빛을 향해 온몸으로 투신하기를 주저하지 않는다. 그런 측면에서 '포이톨로기(poetologie)'는 혁명을 신념으로 한다. 시인은 공동체적 주체가 이루는 우주를 꿈꾸다가도 스스로 제거될 것을 마다하지 않는 헌신적 열정을 시의 유토피아로 삼고 있다. 이는 모두 환상을 통해 이루어지는 경이로운 체험이다.

5. 시는 의미하는 것이 아니라 존재하는 것

김병호의 환상시학은 아직 선언에 불과하다. 그래서일까? 그의 시적 도정에 참여하는 일은 쉽지 않다. 산문적 진술을 따라가다보면 요설의 함정에 빠지기 십상이다. 시만을 부여잡고 징검다릴 건너다보면 어느새 첨벙거리기 일쑤다. 방법은 없다. 그가 파놓은 구덩이에 스스로 만든 마구리를 대고 건널 수밖에. 요즘 시인들은 모두 숲으로 갔다. 길 위에 있지 않다. 숲속에는 자유가 있지만 고독한 일이다. 그러므로 숲속에서 꿈꾸는 환상은 백일몽과 같다. 아무런 폭로도 소망도 없는 허무주의다. 김병호는 숲으로 가지 않았다. 그렇다고 길 위에 있지도 않다. 환상시학은 숲과 길의 경계에 있다. 우리는 여차하면 숲이 되고, 길이 되는 변신을 사랑해야 한다. 그렇지 않으면 영원을 획득할 수 없다.

6시, 지상보다 하늘이 밝아지는 높이 하늘 아래 60미터 작은 독방, 한번 오르면 땅이 하늘보다 빛날 때까지 머물러야 하는 허공의 고치, 지상의 누런빛이 하늘보다 무거워지면 그는 다시 지상으로 올라간다 발부터 밝은 곳을 향해, 어두운 곳에서 밝은 곳으로 오르는 일, 그를 이루고 있는 분자들은 어디가 죽음이고 어디가 밝음의 땅인지 적응 못하고, 그래서 새벽녘 땅위 60미터 독방의 그림자에서, 어스름녘 지상의 파도 바로 아래에서 한 대 담배를 태운다 경계 위를 어슬렁거리는 영혼을 위한 향, 한 오라기 연기를 올리는 작은 불빛을

—「우울한 타워 크레인 (죽음의 계단 4)」 전문

김병호는 지금 경계에 거주하고 있다. 공중과 지상을 오가며 때론 어느 편인가 신문(訊問)에 제대로 답하지 못해 어두운 독방에 갇히기도 하다가 분연히 일어나 '경계를 어슬렁거리는 영혼'이기도 하다. 시간으로도 공간으로도 묶을 수 없는 자유가 그에게 있다. 우리는 그것을 호흡하면 된다. 『공산당 선언』을 죽은 문건이라 치부하면 할수록 새롭게 읽히는 마술적 체험을 이 시집의 '환상선언'에서 똑같이 마주하게 된다. 시가 무엇인가 끊임없이 고민하는 흔적이다.

'포이톨로기(poetologie)'는 시의 신념체계다. 여기에 "시는 의미하는 것이 아니라 존재한다"는 시의 언어적 자율성이 포섭된다면 이후 김병호의 '환상선언'은 우리 시의 새로운 유토피아를 열게 되리라 전망한다.

김병호 1967년 서울에서 태어났다. 1998년 『작가세계』로 등단했고 시집 『과속방지턱을 베고 눕다』, 과학에세이집 『과학인문학』을 냈다. 지금은 계룡이라는 작은 도시에서 잘 살고 있다.

문학동네시인선 017
포이톨로기(poetologie)

초판 인쇄 2012년 4월 2일
초판 발행 2012년 4월 15일

지은이 | 김병호
펴낸이 | 강병선
책임편집 | 김민정
편집 | 김필균 강윤정 정세랑
디자인 | 수류산방(樹流山房)
본문 디자인 | 유현아
마케팅 | 신정민 서유경 정소영 강병주
온라인 마케팅 | 이상혁 장선아
제작 | 안정숙 서동관 김애진
제작처 | 영신사(인쇄) 용산 PUR(제본)

펴낸곳 | (주)문학동네
출판등록 | 1993년 10월 22일 제406-2003-000045호
주소 | 413-756 경기도 파주시 문발동 파주출판도시 513-8
전자우편 | editor@munhak.com
대표전화 | 031) 955-8888
팩스 | 031) 955-8855
문의전화 | 031) 955-8890(마케팅), 031) 955-2656(편집)
문학동네카페 | http://cafe.naver.com/mhdn

ISBN 978-89-546-1732-1 03810
값 | 8,000원

* 이 도서의 국립중앙도서관 출판시도서목록(CIP)은 e-CIP 홈페이지(http://www.nl.go.kr/ecip)에서 이용하실 수 있습니다. (CIP 제어번호 : CIP 2012001538)

www.munhak.com
문학동네